AF613403

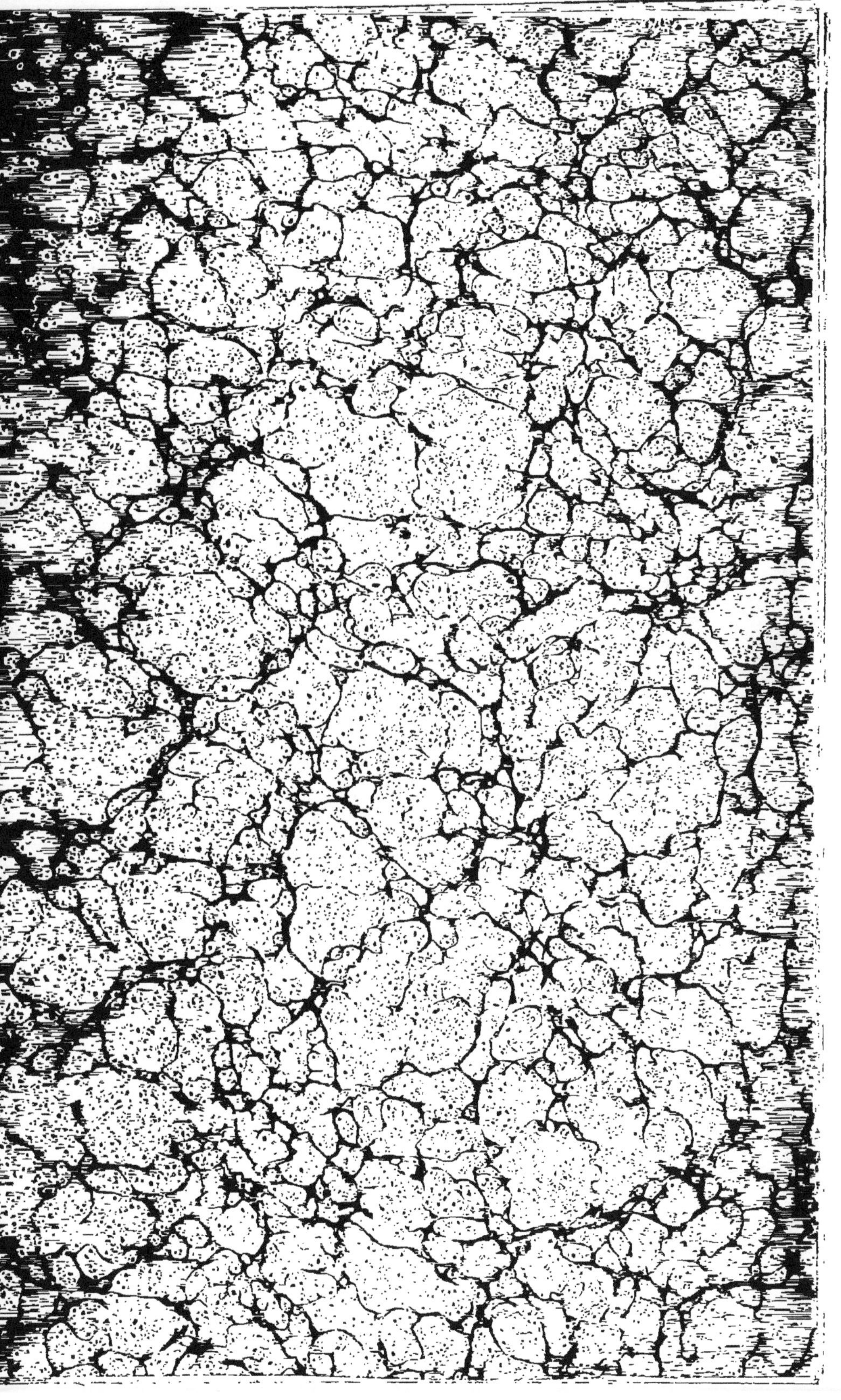

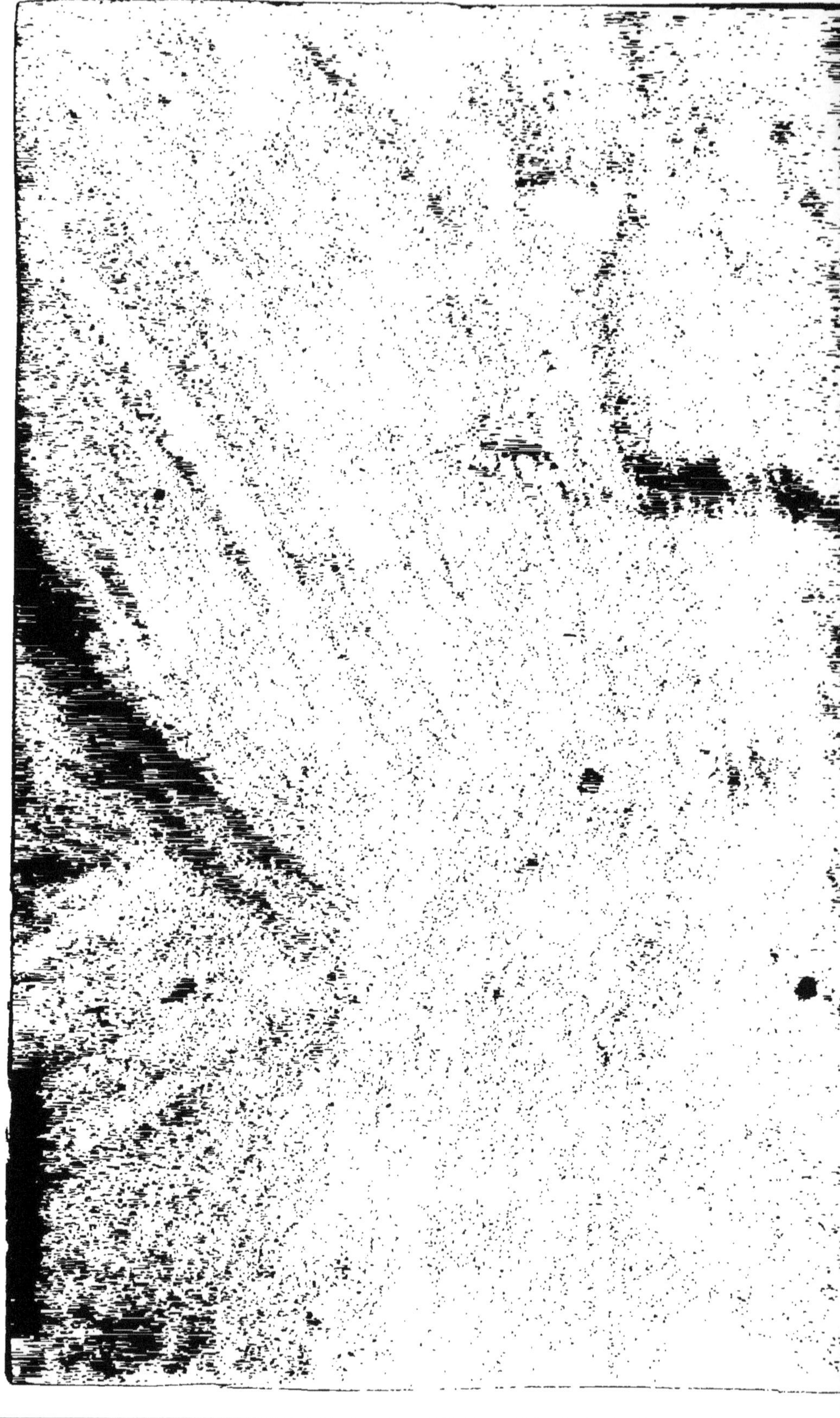

Costes aînés ;
Colum[illegible] (la)

LES CEREMONIES obſeruées au triomphe des Enſeignes, priſes & gaignées en la defaicte des Eſpagnols & Piedmõtois, & portées en l'Egliſe de N. Dame de Paris.

A PARIS.
Chez Iean Brunet, ruë neufue S. Louys, à l'Image ſainct Pierre. 1630.

AVEC PERMISSION.

LES CEREMONIES OBSERVEES AV TRIOMPHE des Enſeignes.

Priſes & gaignées en la deffaicte des Eſpagnols & Piedmontois, & portées en l'Egliſe de noſtre Dame de Paris.

EN la victoire que Meſſieurs le Duc de Mont-morency & Marquis Deſfiat, Lieutenants generaux de l'Armée du Roy, de-là les Monts, gagnerẽt ſur l'Armée Eſpagnolle, & Piedmontoiſe, le neufieſme du mois de Iuillet dernier. Il y eut vingt Enſeignes, & vne Cornette gaignées ſur les ennemis, defaits au champ de bataille, leſquelles ayans eſté enuoyées au Roy, ſa Majeſté choiſiſt Mr le Comte de Maure pour les adporter à Lyon aux Reynes, & depuis à Paris, auec commandement de ſa Majeſté de les porter à Monſeigneur le Duc d'Orleans, ſon Frere vnique, puis les aller offrir aux pieds de l'Autel de la Vierge en ſon Egliſe, ce qui fut faict auec les ceremonies ſuiuantes.

Le jour pris pour ce ſubject, Monſieur le Cheualier du Guet ordonna de tout ce qui eſtoit neceſſaire en telle choſe, & choiſiſt ceux qui deuoyent porter leſdites Enſeignes par la ville de Paris,

& à l'Eglise de nostre Dame, sçauoir vingt & vn hommes de sa compagnie.

Le Dimanche donc vnziesme jour du present mois d'Aoust, sur les trois heures apres midy, lesdites Enseignes furent receuës par ledit sieur Cheualier du Guet des mains dudit Sr Comte de Maure, aux Faux-bourgs sainct Marcel, & données à porter à vingt & vn hommes de la Compagnie dudit sieur Cheualier du Guet, fort bien vestus & en bon ordre: Iceluy sieur Cheualier marchant à la teste monté à cheual, accompagné de deux de ses Lieutenans richement habillez.

Apes suyuoient les Tambours, puis les Enseignes, tous en leur ordre, auec la Cornette portée à cheual par vn des hommes d ladicte Compagnie, richemen vestu, entouré de cinq Trompet tes, aussi à cheual.

Monsieur le Comte de Maur estoit assisté de quantité de Noblesse, tous à cheual & superbement vestus, suyuoient en leu ordre lesdits Drapeaux & Cornet te, & passerent deuant l'Hoste de Belle-garde: Puis reuenans pa le Pont Nostre Dame, arriueren en ladite Eglise Nostre Dame, o se rendit grande quantité de peuple, qui accoururent en joye d toutes parts.

Mr l'Archeuesque de Paris le receut au grand Portail pour estre presentées (comme elles furent) au grand Autel de ladicte Eglise, auec action de graces for ſolemnelles, & acclamation de VIVE LE ROY, tant aux ruës que deuant & dedans l'Egliſe: En fin, tout le peuple beniſſant Dieu de faire ainſi proſperer les Armes de noſtre Roy contre les ennemis de ſon Eſtat, & de ſes bons amys & alliez.

FIN.

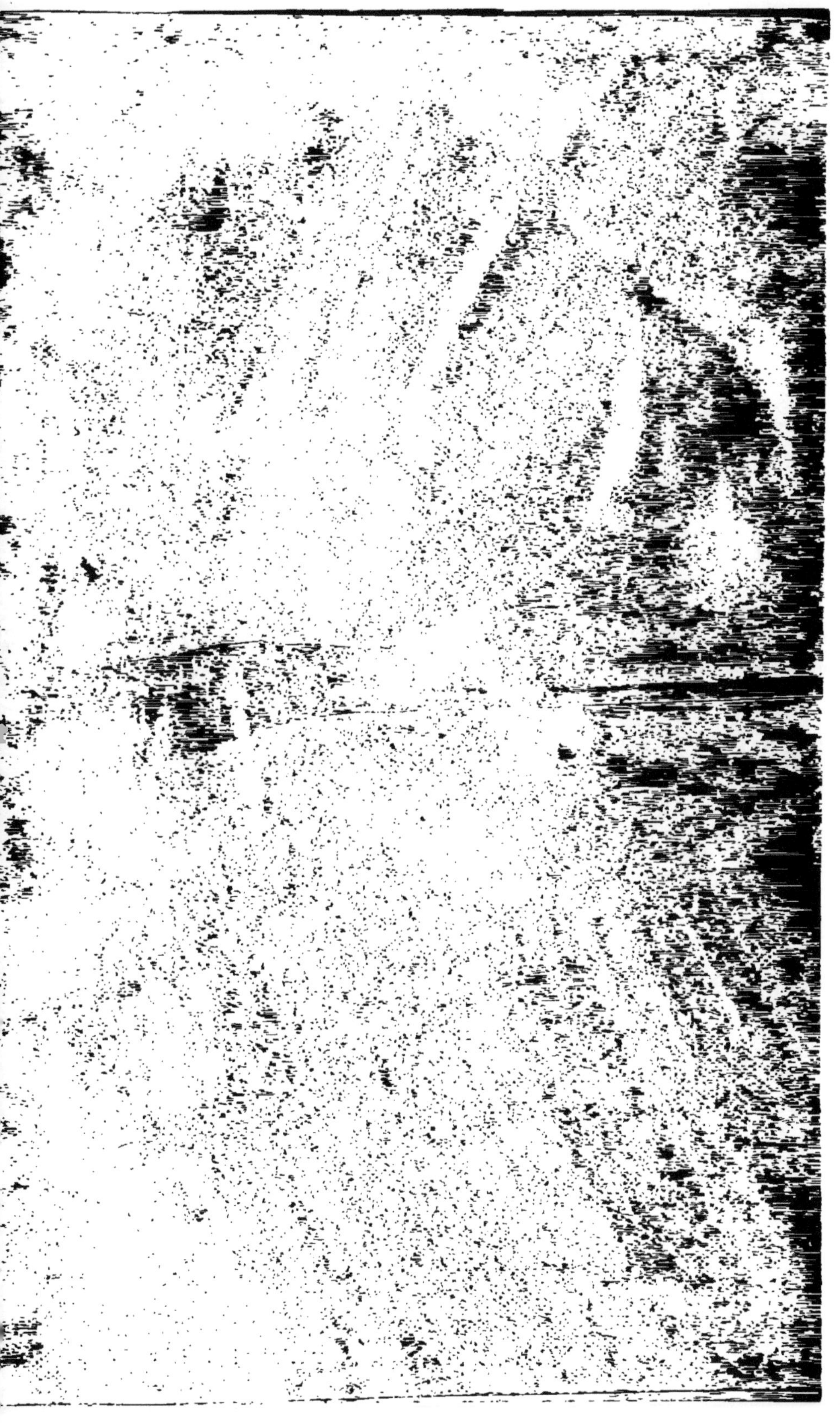

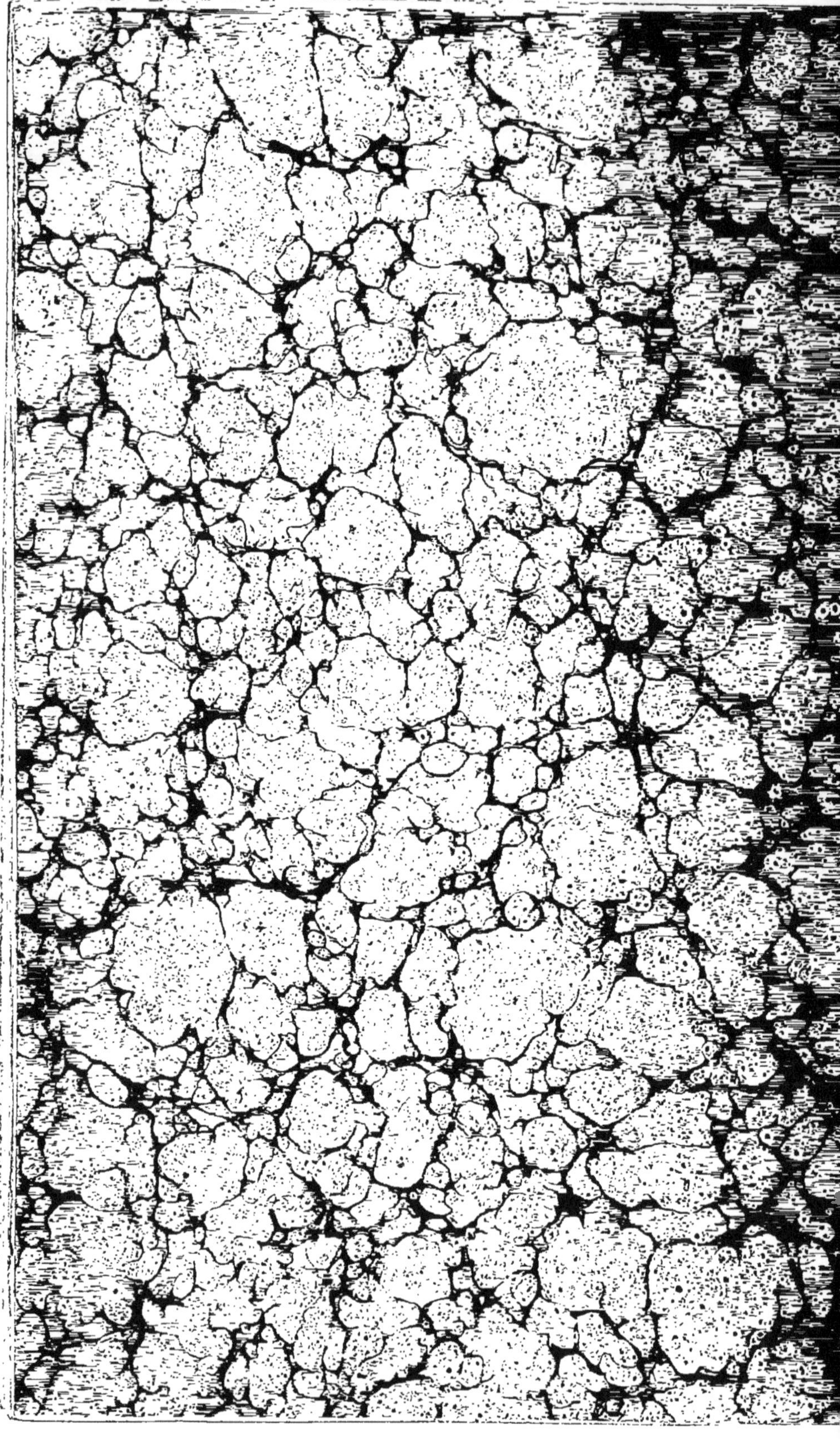

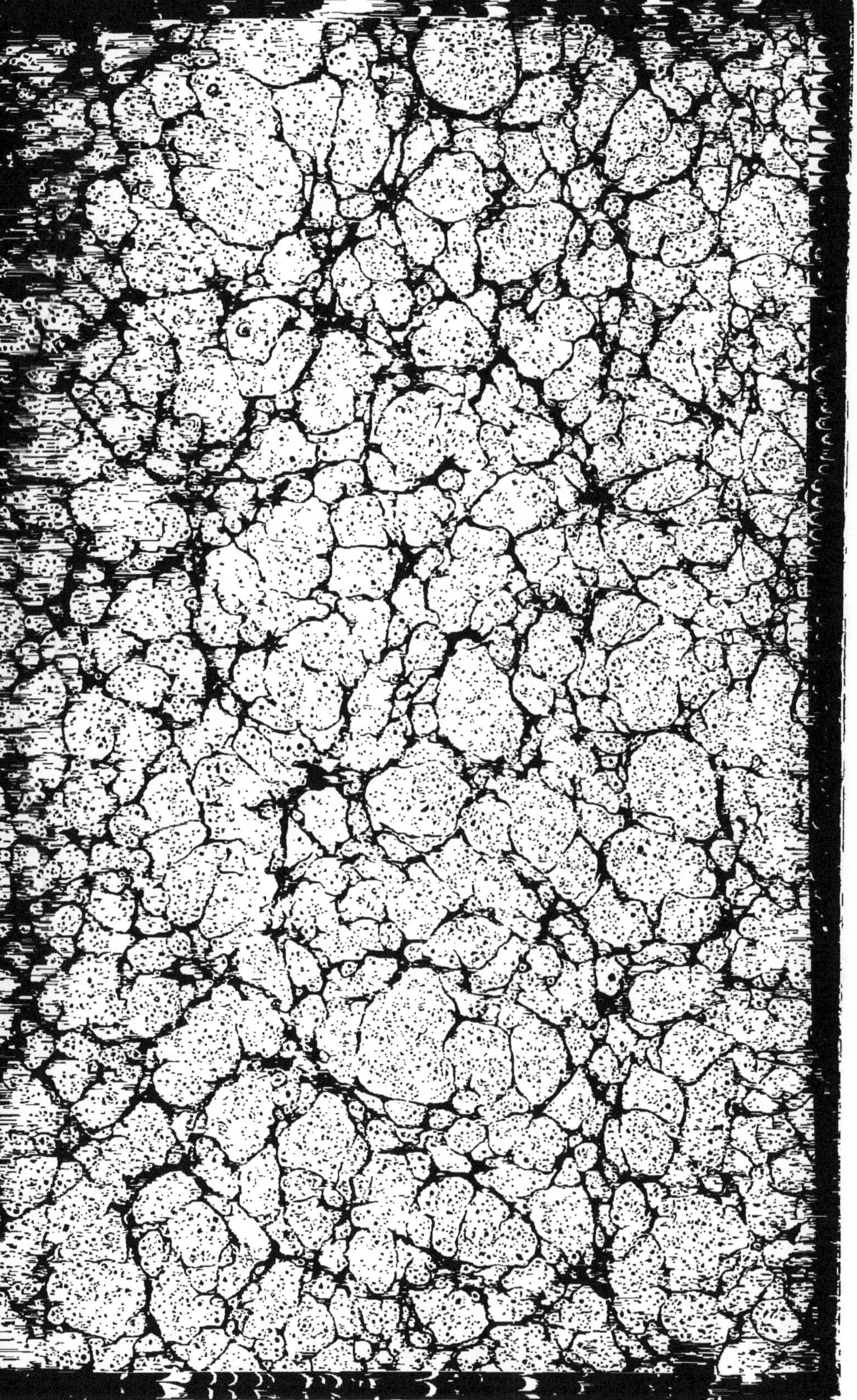

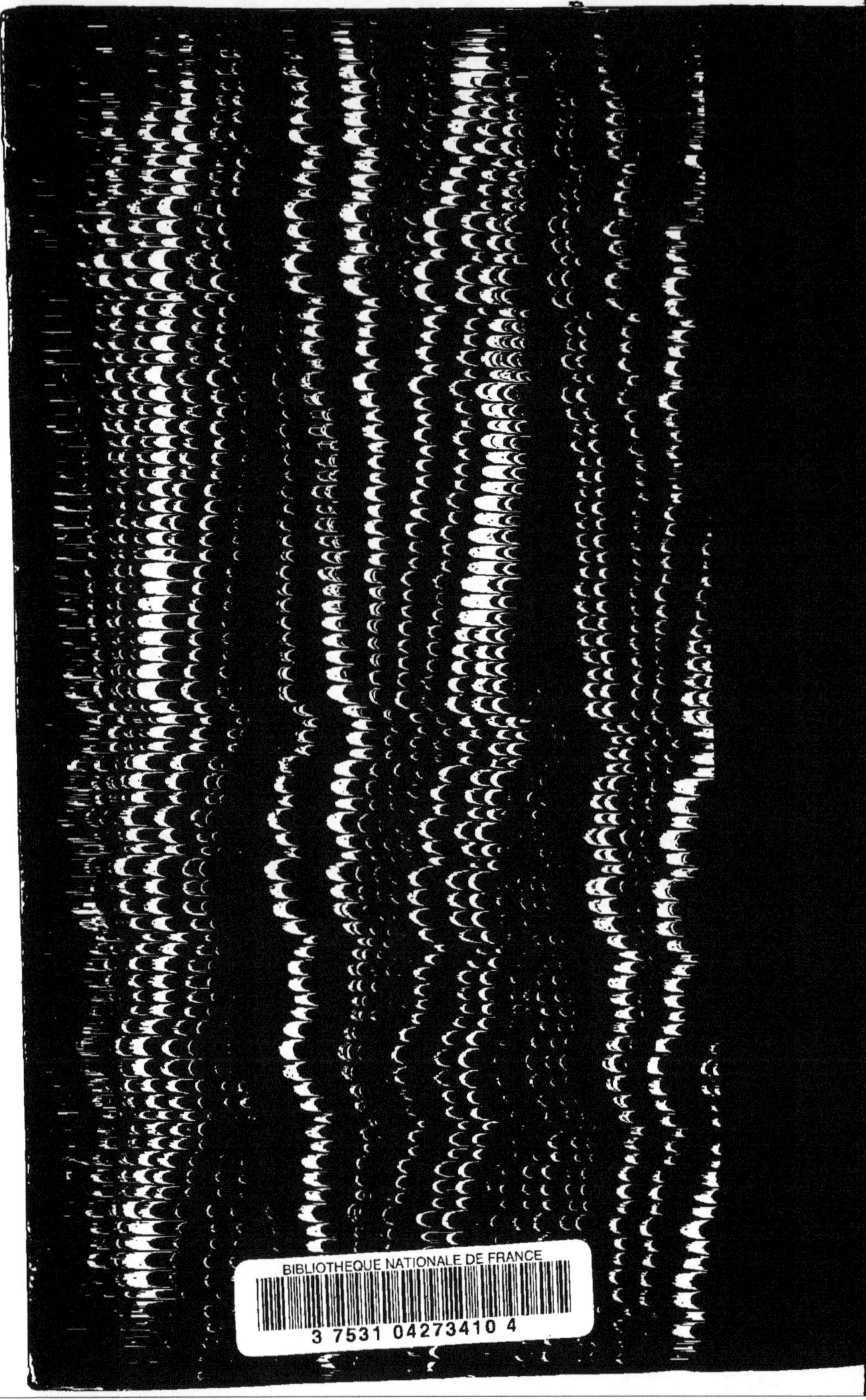
BIBLIOTHEQUE NATIONALE DE FRANCE
3 7531 04273410 4

www.ingramcontent.com/pod-product-compliance
Ingram Content Group UK Ltd.
Pitfield, Milton Keynes, MK11 3LW, UK
UKHW021147230726
13926UKWH00002B/981